AF237118

Johanna Amthor

Haus Abendruh

Erzählung

Impressum

Bibliografische Information der Deutschen Nationalbibliothek: Die Deutsche Nationalbibliothek verzeichnet diese Publikation in der Deutschen Nationalbibliografie; detaillierte bibliografische Daten sind im Internet über http://dnb.dnb.de abrufbar.

© 2020 Johanna Amthor
Titel-Illustration: Katja Hellmich
Satz & Layout: *Unvergesslich Biographien & Reden,* Dr. Claudia Löschner

Herstellung und Verlag: BoD – Books on Demand, Norderstedt

ISBN: 978-3-7528-7930-8

HAUS ABENDRUH

Die ganze Nacht über hatte es geregnet. Die böigen Windstöße hatten die Wassertropfen gegen das hochgeklappte Fenster geschüttelt. Und auf dem gewellten Dach des Lieferanteneingangs waren in unregelmäßigen Abständen die kleinen grünen Äpfel und abgerissenen Zweige nieder gerasselt. Doch all diese Geräusche wirkten durch das Sausen des Windes und sein Schleifen und Summen, wenn er um die Ecken des Hauses oder über den Dachvorsprung blies, eher beruhigend in dieser Nacht. So dass die alte Frau Fittich mehrmals tief einnicken konnte und erst gegen Morgen von ihrem eigenen Schnarchen erwachte.

Ein silbergrauer Himmel schimmerte bereits durch das kahle Fenster. Und vom nächsten Dorf brachte der Wind den Schrei eines Hahnes herüber.

Luise Fittich musste sich erst besinnen, wo sie war. Vor ihr glänzte das weiße Bettende, so dass sie für einige Momente glaubte, sie würde noch im Krankenhaus liegen. Sie wollte schon nach ihrer Nachttischlampe greifen, da fiel ihr wieder ein, dass man sie doch jetzt in diesem Pflegeheim untergebracht hatte. Und dass es hier überhaupt keine Nachttischlampen gab, weil sich die alten Leute daran verbrennen könnten. „Was für ein Unsinn!", dachte die alte Dame. Sie richtete sich umständlich in ihren Kissen auf und wollte nach der Schwester läuten. Aber sie erinnerte sich, dass die Pflegerin am Abend das Kabel der Glocke herausgezogen hatte. „Wie soll ich denn im Finsteren zur Toilette kommen?", wollte sie wissen. „Sie müssen doch gar nicht hingehen. Sie bekommen von uns über Nacht ein Windelhöschen an." „Ich kann aber nicht einfach in die Hose machen!", rief Frau Fittich empört. Aber die Nachtschwester hatte gemeint, dass sie das dann eben lernen solle. Sie hätten nicht so viel Personal, um jede Oma einzeln auf den Topf zu setzen.

Die alte Frau tastete jetzt nach ihrem kleinen runden Wecker mit den Leuchtziffern. War es wirklich erst fünf Uhr? Sie suchte ihre Brille, die irgendwo in der Schublade liegen musste. Während sie suchte, fiel ihr auf, dass sie ihre Zimmernachbarin überhaupt nicht mehr stöhnen und husten hörte. Ob man der Kranken diesmal wohl ein stärkeres Mittel gegeben hatte?

Auf einmal erinnerte sich die alte Frau, dass da irgendwann in der Nacht ein Laufen und Trippeln im Gang draußen und dann hier im Zimmer gewesen war! Und dass sie im Schein des Flurlichtes eine Schwester erkannt hatte, die sich über das andere Bett beugte. Gleich darauf kam eine zweite Person und half der ersten das Bett durch die Tür zu schieben. „Es ist nichts!", raunte eine Stimme, als sich Frau Fittich verschlafen aufsetzen wollte. „Wir bringen nur Frau Becker nach unten, damit Sie in Ruhe schlafen können!" Gleich war Frau Fittich wieder eingeschlummert. Doch als sie sich jetzt an diese nächtliche Szene erinnerte, fuhr ihr ein jäher Schrecken durch den ganzen Körper. „Warum denn nach unten? Was sollte das bedeuten? War sie vielleicht gestorben?" Sie erinnerte sie sich an diesen merkwürdigen Blick ihrer Nachbarin, der ihr erst gestern aufgefallen war. Und an die aufgeschwemmten Beine, über die sich eine prall gespannte, rosig glänzende Haut straffte! „Wenn sie mit dem Finger hier hereindrücken, dann bleibt eine ganz tiefe Mulde zurück!", schnaufte Frau Becker mit ihrer heiseren Stimme. Aber die alte Frau Fittich hatte keine Lust, an ihre aufgedunsenen Beine zu fassen. „Frau Becker?", rief sie nun in die Dunkelheit hinüber. „Sind sie wieder zurück?" Und als ihr niemand antwortete, versuchte sie durch das düstere Zimmer zu spähen.

Aber irgendwann muss sie doch wieder eingenickt sein. Denn sie fuhr erschrocken auf, als plötzlich das grelle Deckenlicht erstrahlte und eine muntere Stimme ertönte.

„Guten Morgen!" Es war die junge türkische Hilfskraft, die mit kräftigem Schwung die Tür aufstieß. Nun ging sie zum Fenster, um die Oberlichte zu schließen. Erst als sie sich wieder umdrehte, bemerkte sie die leere Stelle, auf der gestern noch das zweite Bett gestanden hatte. Nur ein paar graue Staubwolken und die Schleifspuren von den verschmutzten Rädern des Bettes waren noch zu erkennen. Die junge Frau stand einen Moment still da. Ihr kindlich ovales Gesichtchen sah plötzlich grau aus. Aber dann holte das Mädchen doch wieder Luft und räusperte sich. „Frau Becker ist wohl nicht mehr da?" Sie trat an das Bett von Frau Fittich. „Dann bringe ich Sie jetzt in den Frühstücksraum hinüber! Wollen wir gehen, oder soll ich den Wagen holen?"

„Aber ich bin doch noch nicht einmal gewaschen und muss dringend aufs Klo!", rief Frau Fittich aus.

„Haben Sie denn keine Windel bekommen?"

„Ich kann nicht in die Hose machen!" Frau Fittich klopfte sich verzweifelt mit der Hand gegen den Klettverschluss ihres Windelhöschens. „Versteht das denn keiner?"

„Gut, dann gehen wir jetzt zur Toilette!" Sevil fasste die alte Frau unter ihre Arme und half ihr in den Bademantel hinein. „Sevil! Sevil! Wo bleibst du denn?", kreischte eine herrische Stimme im Flur. „Schwester Annette, ich komme schon!"

„Ich muss hinaus!", wisperte das Mädchen. „Versuchen Sie es einfach alleine! Halten Sie sich hier am Stuhl fest und gehen Sie mit dem Stuhl ganz langsam bis zur Toilette. Ich komm gleich wieder zurück!"

Sie huschte hinaus. Langsam, immer den einen Fuß vor den anderen schiebend, schlurfte Frau Fittich in den Waschraum. Dann wusch sie sich und reinigte ihre Zahnprothese. Gerade als sie damit fertig war, kam die junge Türkin zurück. Sie hatte jetzt verquollene Augen.

„Was ist denn passiert?", fragte Frau Fittich. „Hat Sie die Schwester wohl wieder fertig gemacht?"

Aber die junge Frau schüttelte nur den Kopf!

„Kommen Sie jetzt. Möchten Sie meinen Arm?"

Der Speisesaal bestand in der oberen Etage aus einem erweiterten Flur und einer angebauten Stationsküche. Das Tageslicht kam durch zwei breite Fenster, die auf den Lieferanteneingang, sowie auf einen kleinen Parkplatz wiesen. Gedeckt wurde an sieben weiß beschichteten Metalltischen für jeweils zwei bis vier Personen. Es gab weder Servietten noch Blumen auf den Tischen. Und die Sitzflächen der Stühle waren mit Plastiktuch bezogen. Trotzdem konnte man an einigen Polstern noch die angetrockneten Reste von früheren Speisen erkennen. Alles war eng. Wenn sich in dem schmalen Gang zwei Personen auf Rollstühlen begegneten, musste die eine von ihnen durch die nächste Tür in eines der Zimmer fahren, um diesen Raum als Ausweichstelle zu benutzen. Dabei drang dann die muffige Luft von draußen auch in das jeweilige Zimmer mit ein. Und die Bewohner konnten bereits ahnen, was ihnen für das heutige Mittagessen bevorstand und dass Sevil wieder die billigen Seifenflocken zum Wischen des Flures verwendet hatte. Gelüftet wurde selten. Und alle Dünste des Hauses schienen sich in den verwinkelten Gängen und Nischen mit dem Geruch der Windelhöschen zu versammeln.

An diesem Morgen schlurfte Frau Fittich mit besonders unwilligen Gedanken durch die Gänge. Wäre Sevil nicht gewesen, so hätte sie wohl ganz auf das Frühstück verzichtet. Aber Sevil machte sich dann immer Sorgen um die alten Menschen, so dass sich mancher von ihnen wohl nur ihr zuliebe noch Mühe gab, diesen unbequemen Weg bis hierher zu unternehmen.

Als Frau Fittich endlich angekommen war, dachte sie schon, sie wäre der erste Gast im Raum. Aber dann entdeckte sie den alten Herrn im Rollstuhl, der immer drüben am letzten Tisch saß, wo er meistens vor sich hin zu dämmern schien. Irene Fittich murmelte einen Gruß und tappte auf das breite Fenster zu, um durch die geschlossenen Scheiben tief in den Hof zu starren. Der Regen hatte inzwischen nachgelassen. Auf dem kleinen asphaltierten Parkplatz glänzten die Pfützen. Autos standen um diese Zeit nur wenige unten. Frau Fittich überlegte, wie viele Meter es von hier oben bis hinunter wären? Und ob jemand, der hinab stürzte, wohl gleich tot sei?

Auf der rechten Seite des kahlen Platzes, wo das Dach des Lieferanteneinganges etwas überhing, ragte gerade der vordere Teil eines Leichenwagens hervor. Frau Fittich erschrak und dachte an die alte Frau Becker. Sie merkte, wie der Boden zu schwanken begann. „Setzen Sie sich doch hin!", hörte sie den Mann im Rollstuhl sagen. Er schubste ihr mit seinen ungelenken Händen einen Sessel entgegen. „Ist Ihnen nicht wohl? Soll ich die Schwester rufen?" „Nein, danke!", hauchte

Frau Fittich und ließ sich laut atmend nieder. Nach einer Weile ging es ihr wieder besser. Den Kopf auf ihre Hände gelegt, die Ellenbogen auf den Tisch gestützt, blickte sie mit müden Augen durch das Zimmer. Sie betrachtete die Bewohner, wie sie nach und nach herein gehumpelt kamen. Einige wurden von Sevil am Arm geführt. Andere brachte die Schwester im Rollstuhl. Eine kleine weißhaarige Person mit knallrot abstehenden Ohren kam mit ihrem Rollator angeruckelt. Dahinter hinkte die grauhaarige Pastorenfrau, mit der sich Frau Fittich am ersten Tag noch unterhalten hatte. An ihrem Nachbartisch kauerte eine kahle Greisin, die immer mit dem Kopf wackelte. Dahinter verkroch sich eine ehemalige Lehrerin, die jetzt so verwirrt war, dass sie immer die Türen von den falschen Zimmern aufriss und die Leute erschreckte. Ganz vorne wurde schließlich noch der Rollstuhl mit der violetten Dame hingestellt. Und auch die blinde Frau saß mit an diesem ersten Tisch, weil sie von hier aus selber zur Toilette gehen konnte. Daneben hockte ein weißhaariger Mann, der ein verbogenes Rückrat hatte. „Kommet alle, die ihr mühselig und beladen seid!", murmelte Frau Fittich. Der alte Herr sah sie nur von unten her an.

Der Kaffee schmeckte muffig. Er war bereits in der großen Kanne mit Milch und Süßstoff vermischt. Seine ockergelbe Farbe erinnerte die alte Dame an ihre früheren Malversuche, bei denen sie oft zu viel Wasser verwendet hatte. Das klein geschnittene Brot besaß keine Rinde. Es war weich und grau und nur mit einer roten Marmelade beschmiert.

Beim Essen bemerkte Frau Fittich außerdem, dass ihr Gegenüber nicht sehr appetitlich aussah. Bei jedem Biss landeten die halben Brotfetzen in der Kaffeetasse und manche Brösel blieben in seinen wirren Bartstoppeln hängen. Sie bemerkte erst jetzt, dass er seine rechte Hand nicht richtig bewegen konnte, sondern sie mit der linken immer erst neben den Teller legen musste. Als ob er ihre Gedanken erraten hätte, sagte der alte Herr auf einmal: „Entschuldigen Sie, es sieht sicher nicht schön aus, wie ich esse. Ich muss erst lernen, mit der linken Hand zu greifen!" Frau Fittich fühlte, dass sie rot wurde. „Leben Sie schon lange hier?", versuchte sie ein Gespräch zu beginnen. „Genau drei Monate und fünfeinviertel Tage! Aber weshalb sind Sie hier?" Sie guckte ihn verblüfft an. „Genau weiß ich es auch nicht!", stammelte sie dann. „Ich – ich hatte einen Unfall. Und kann mich an nichts mehr erinnern!", „Das ist häufig so nach schweren Unfällen!"

Frau Fittich wollte ihn noch fragen, ob sich das Gedächtnis denn später wieder einstellen würde?

Aber in dem Moment trat die Schwester in den Raum und sah sich energisch um. „Wo steckt eigentlich die Frau Fittich?", Und dann, als sie die alte Dame entdeckt hatte: „Sie sitzen ja an einem ganz falschen Platz!", Sie deutete auf einen Tisch in der Mitte. „Sie müssen dort hin!" „Sevil! Sevil!", schrie sie wieder nach hinten. „Wo hast du denn heute Frau Fittich hingetan?" „Sevil hat diese Dame nirgends hingesetzt!", betonte der alte Herr so laut, dass einige Leute von ihren Tellern aufschauten. „Ich habe sie an meinen Tisch gebeten!" Schwester Annette schnappte nach Luft. „Aber das geht doch nicht! Sie kann doch nicht einfach..." „Doch – doch!", sagte der Herr. „Es ist schon recht so!" Schwester Annette biss sich auf die Unterlippe und stürzte mit erhobenem Gesicht in die Stationsküche hinaus.

„Jetzt haben Sie es sich aber mit der Schwester verdorben!", meinte Frau Fittich. „Ach was!", knurrte der Nachbar in seine Stoppeln hinein. „Die wird mir nichts tun, solange mein Sohn regelmäßig ins Haus kommt.",

„Ist Ihr Sohn wohl der Arzt?"

„Nein. Jurist."

„Darum!", lächelte Frau Fittich.

„Die Schwester ist nicht bösartig. Sie ist einfach zu sehr im Stress!", fing die alte Pastorenfrau an sie zu verteidigen.

„Ja, weil die Heimbesitzer nur Putzfrauen und Hilfskräfte einstellen!"

„Damit sie bei den Gehältern sparen!"

Einige Bewohner nickten.

Nur die alte Lehrerin kicherte ohne zu wissen, was geredet wurde. Und die Frau mit dem violetten Gesicht fing an zu weinen.

Der weitere Tag verlief ohne besondere Ereignisse. Ihr neuer Tischnachbar verabschiedete sich gegen zehn Uhr und fuhr mit seinem elektrischen Rollstuhl in sein Zimmer. Zu Mittag wurde er von einem jüngeren Herrn abgeholt.

Die anderen alten Leute blieben in dem Frühstücksraum sitzen. Nur Frau Fittich wanderte mit langsamen Schritten in dem Stockwerk herum. Sie betrachtete die Pinnwand neben der Treppe und das Geländer. Dann stand sie eine Weile vor dem Aufzug und schaute, wie die dicken Drahtseile sich bewegten, wenn die Kabine irgendwo herauf oder hinunter geholt wurde. Später studierte sie noch die verschiedenen Zettel, die auf der Pinnwand befestigt waren. Auf einem stand zu lesen, dass es in dem Hause eine Ergotherapeutin gab, die aber jetzt in Urlaub war. Dann hing noch ein grauer Zettel mit der sonntäglichen Gottesdienstordnung für die evangelische Kirche da. Man konnte das Gebäude in wenigen Minuten zu Fuß erreichen. Die Fahrt im Altenheimbus kostete 2 Euro pro Person. Sogar einen Friseur konnte man sich bestellen. Schneiden und Haare waschen machten bei ihm 20 Euro. Dann waren noch auf einem schmalen Streifen der Name und die Telefonnummer einer Fußpflegerin aufgeschrieben.

Frau Fittich ging an diesem Tag ständig hin und her. Sie schaffte es zwanzig Mal. Danach fühlte sie sich erschöpft von der Anstrengung.

Trotzdem konnte sie in der Nacht kaum schlafen. Der Mond schimmerte goldweiß durch die kahlen Fensterscheiben. Er beleuchtete die Stelle, wo gestern noch das Bett von Frau Becker gestanden hatte.

Als sie doch endlich eingeschlummert war, träumte Frau Fittich immer wieder von einem langen schwarzen Leichenwagen.

Am nächsten Tag war sie so müde, dass sie am liebsten im Bett geblieben wäre. Aber dann zwang sie sich doch aufzustehen. Die Schwester hatte endlich ihren freien Tag genommen! Eine Pflegerin, die früher auf der Etage Nachtdienst gemacht hatte, übernahm ihre Vertretung. Nun ging alles etwas gelassener zu. Auch Sevil wirkte entspannter.

Vor allem aber war die alte Frau Fittich erleichtert. Sie nahm sich viel Zeit, um alleine aus dem Bett zu steigen, sich zu waschen und ihre silberweißen Haare sorgfältig über eine Rundbürste zu bürsten.

Zum Frühstück setzte sie sich wieder neben den alten Herrn von gestern. Er hatte bereits seinen Rollstuhl zur Seite gerückt und schien auf sie zu warten. „Heine", nuschelte er bei der Begrüßung. „Heine? Wie der Dichter?" Der Mann verzog seinen Mund und nickte. Frau Fittich bemerkte erfreut, dass er seine holperigen Bartstoppeln wegrasiert hatte.

Sie nannte auch ihren Namen. Dabei kam ihr in den Sinn, dass sich sonst niemand hier vorstellte. Es schien fast, als ob diese Alten überhaupt nicht aneinander interessiert seien.

Auch an den Tischen wurde kaum miteinander gesprochen. Ein jeder blieb für sich. Als ob es sich nicht mehr lohnen würde, noch einmal neue Freundschaften anzufangen. Nachdenklich nuckelte Frau Fittich an ihrer Tasse.

Auch dieser Tag zog sich in endloser Öde dahin. Herr Heine war nach dem Mittagessen wieder in seinem Rollstuhl weggefahren. Die anderen Bewohner blieben dort, wo man sie am Morgen hingesetzt hatte. Sie dösten stundenlang in ihren Rollstühlen oder guckten mal vor sich hin und dann wieder in den Flur hinaus. Einige ließen sich in Abständen zur Toilette bringen. Die meisten hatten aber Windelhöschen an. Manchmal wurde der Geruch zu stark. Dann riefen alle nach der Schwester, damit sie den Betroffenen frisch machen sollte. Wenn die Pflegerin gerade in der Stationsküche oder bei einem bettlägerigen Patienten beschäftigt war, mussten sie lange warten. Sevil durfte keine Windeln erneuern.

Ganz unerwartet kam gegen sechzehn Uhr eine kleine Wespe in den Raum geflogen. Da gab es doch einige Aufregung. Eigentlich waren es zwei Wespen gewesen. Aber die erste hatte sich gleich auf einen Teller mit Marmeladenbrot gesetzt. Die alte Pastorenfrau musste nur das leere Wasserglas darauf stülpen und nach Sevil rufen. Die trug den Teller zusammen mit dem Glas in die Küche. Dort hörte man eine Weile das Wasser fließen. Die zweite Wespe surrte mindestens eine halbe Stunde lang um die Köpfe einiger Damen herum. Sevil und die alte Pastorenfrau fächerten jedes Mal mit ihren Taschentüchern dagegen. Aber davon wurde das kleine Biest nur noch aufgeregter. Bis es schließlich in einem weiten Bogen quer durch den Raum schoss, um dort gegen die helle Fensterscheibe zu prallen. Dort wurde es von der kleinen Lehrerin mit dem Zipfel des Übervorhangs schließlich zerdrückt.

Am Nachmittag kam eine Dame von der örtlichen Kirchengemeinde zu der Pastorenwitwe. Sie gingen aber beide in das Zimmer. Nur die alte Frau Fittich konnte sie vom Flur aus reden oder sogar lachen hören, während sie dort auf und ab ging.

Diesmal schaffte sie sogar zweiundzwanzig Gänge!

Als Frau Fittich an diesem Abend endlich eingeschlafen war, wurde es plötzlich unruhig auf der Etage. Einige Zimmertüren gingen auf und man erfuhr, dass die violette Dame heftige Schmerzen in der Magengegend bekommen hätte. Sie rang nach Luft und keuchte vor Übelkeit. Die alte Pastorenfrau holte so schnell sie konnte die Nachtschwester herauf. Die anderen Bewohner mussten ihre Türen wieder schließen. Seither fehlte die violette Dame am ersten Tisch.

Am kommenden Morgen kam die Stationsschwester aus ihrem Überstundenurlaub zurück. Sie schritt durch alle Räume und Sevil musste gründlich putzen. Der lange Flur sollte gewischt werden, die Toiletten gereinigt und sogar die kleinen Läufer in den Zimmern hochgehoben und abgesaugt. Schwester Annette brachte ihre Patienten alleine in den Essraum. Sie hatte jetzt eine neue Frisur mit hellblonden Spitzen über dem mausgrauen Haar.

„Was ist denn hier los?", wunderte sich Frau Fittich.

Herr Heine ruckelte in seinem Rollstuhl herum. „Ich nehme an, dass sich die Heimaufsicht für morgen angemeldet hat!"

„Was für eine Aufsicht?"

„Ein Mensch vom Landkreis, der regelmäßig alle Kinder- und Altenheime kontrolliert. Nur, leider meldet er sich immer vorher in den Heimen an!"

Er lachte. Aber sein Lachen klang hämisch und er verschluckte sich dabei und musste immer wieder husten.

„Können Sie eigentlich Schach spielen?", fragte er etwas später.

„Ich habe ewig nicht mehr gespielt."

„Dann könnten wir es wieder lernen! Ich soll nämlich Schach spielen, sagt mein Sohn. Damit mein Kopf besser wird und meine Hand geschickter." Er hob die rechte mit der linken Hand hoch und legte sie auf die Tischplatte dazu. Dann spreizte er alle fünf Finger seiner Linken und ließ sie mehrmals über den Tisch krabbeln. „Ist Ihre rechte Hand ganz lahm?", wagte Frau Fittich zu fragen. „Ja. Die wird auch niemals wieder beweglich werden. Ich hatte vor vier Monaten meinen zweiten Schlaganfall. Diesmal wurde ich erst nach sechs Stunden gefunden. "

„O mein Gott!", flüsterte die alte Dame.

„Was möchten Sie denn morgen essen?", unterbrach Sevil das Gespräch. Sie war endlich mit dem Reinigen fertig geworden und sollte noch mit einer Liste von Tisch zu Tisch gehen. „Sie können zwischen Putenbrust mit Kartoffelpüree und Karottengemüse oder Schnitzel mit Kartoffelpüree und Salatteller wählen! Und als Nachtisch gibt es Schokoladenpudding mit Sahne." Frau Fittich nickte zu Herrn Heine hinüber. „Warum werden wir denn plötzlich so verwöhnt?"

Sevil sah verschämt zur Seite. „Weil morgen – äh – weil morgen... Schwester Annette sagt, dass der Chef es angeordnet hat!"

Am Nachmittag versuchte die alte Frau Fittich sogar über die Treppe zu steigen. Sie hielt sich an dem Handlauf fest, der an der Wand hinunterführte und achtete darauf, dass sie keine Stufe verfehlte.

In dieser Nacht konnte sie endlich etwas schlafen.

Die Inspektion am nächsten Vormittag verlief dann so unaufdringlich, dass man kaum etwas davon bemerkte. Zwei Herren waren mit der Schwester in einige Zimmer gegangen. Der ältere von beiden war groß und beleibt mit dünnen Schultern. Er hatte helles schütteres Haar und ein gerötetes Gesicht. Sein breiter Mund schien ständig zu lächeln. Der andere Herr sah eher unauffällig aus. Er war kleiner und schlanker und trug einen anthrazitfarbenen Janker zu einem himmelblauen Hemd. Dazu einen rotblau-gestreiften Schlips. Sein Gesicht mit den kleinen runden Augen sah noch jungenhaft aus.

Beide Herren hatten zuerst bei jedem Bewohner gefragt, ob sie hereinkommen dürfen. Und dann nur die Betten und Toiletten angesehen. Später gingen sie in die Stationsküche und der Jüngere machte den Kühlschrank auf und guckte auf einige Verfallsdaten der Speisen. Er öffnete außerdem die Abfalleimer und sah in den Putzraum. Zu Mittag verließen die beiden Herren das Stockwerk.

„Warum haben Sie denn nichts von Ihrer herausgezogenen Nachtglocke erzählt?", bohrte Herr Heine. „Weil ich Angst vor der Schwester hatte! Außerdem sagte Sevil, dass der eine von den beiden Männern der Eigentümer sein soll." „Das stimmt! Früher hatte er einen Baustoffhandel im Nachbarort. Das Geschäft ging vor fünf Jahren ein. Danach haben sie dieses Heim hier gekauft, er und seine jetzige Frau. Sie ist ja Krankenschwester! Sie haben sie vielleicht schon mal hier oben gesehen? So eine große Blonde, sie hilft manchmal aus."

Was den Bewohnern noch auffiel an diesem Tag, waren die frischen Servietten neben den Tellern. Und die kleinen

Vasen mit Chrysanthemen-Blüten auf jedem Tisch. Sogar der Kaffee schmeckte plötzlich nach Bohnenkaffee, so dass Frau Fittich gleich mehrere Tassen davon trank. Zum Mittagessen erhielten sie dann auch tatsächlich die angekündigte Putenbrust mit dem Karottengemüse. Nur die Schnitzel waren schon ausgegangen.

Am folgenden Morgen schob Sevil ein zweites Bett in Frau Fittichs Zimmer. „Oh Gott, wer kommt denn jetzt zu mir?" Sevil wusste es nicht.

Kurz darauf wurde die neue Mitbewohnerin hereingefahren. Man hatte der korpulenten Dame gleich mehrere Kleidungsstücke über den Leib gelegt. So dass der ganze Transport hoch beladen aussah.

„Hier kommt ihre neue Nachbarin!", Annette gurrte plötzlich wie eine Taube. Dabei schob sie den schweren Rollstuhl gewandt über die erhöhte Türschwelle in das Zimmer hinein. Sogleich verbreitete sich ein starker Geruch nach ungelüfteten Kleidern, Mottenkugeln und Urin. Die Schwester schien diese Ausdünstungen nicht zu bemerken. Sie plauderte mit der Tochter, die noch einen zweiten Koffer herein schleppte. Dann hängten sie gemeinsam die Kleider in die eine Hälfte des Schranks. „Mach's gut Mama!", rief die Tochter. Ich renn' jetzt noch schnell in die Aufnahme runter und geb' dort die Papiere ab!"

„Kommst du dann noch einmal zu mir!", bettelte die alte Frau. Aber die Tochter schüttelte nur den Kopf.

„Aber Mama! Du weißt doch, dass Max wartet!"

Als auch die Schwester gegangen war, stieg Frau Fittich aus dem Bett und ging zum Fenster. Sie rüttelte mit ihrer ganzen Kraft an dem eisernen Griff, bis er sich mit einem Ruck bewegte. Dann zog sie die Fensterflügel auf und ließ die kühle Luft hereinströmen. Sie hörte den Regen in den Blättern rauschen und spürte den Hauch von frisch gemähtem Gras und nasser Erde hereindringen. Zufrieden wollte sie das Fenster wieder schließen. Da hörte sie eine weinerliche Stimme aus dem Hintergrund klagen. „Machen Sie doch endlich das Fenster zu; ich vertrage keine Zugluft!",

„Schmeckt es Ihnen nicht?", fragte Herr Heine am Mittagstisch, nachdem Frau Fittich nur müde in den zerkochten Salzkartoffeln und dem harten Rotkraut gestochert und den vollen Teller dann von sich weg geschoben hatte.

„Ach, es liegt nicht nur am Essen!", antwortete sie mit gesenktem Kopf. „Ich habe so viele Fragen, dass ich gar nicht weiß..."

„Erzählen Sie doch!"

Er blickte sich um und verbesserte sich: „Kommen Sie heute Nachmittag in mein Zimmer. Ich wohne in der Nummer Dreizehn!"

Herr Heines Zimmer lag ganz am anderen Ende des schmalen Flures. Es war ein Einzelzimmer. Der kleine helle Raum lenkte den Blick auf den Friedhof. Hinter den Gräbern ragte die Kirche mit ihrem eckigen Turm zwischen den Kronen der Eichen hervor. Gerade als Frau Fittich eintrat, schlug es drei Uhr.

Herr Heine saß jetzt in einem bequemen Polstersessel mit Armstützen und verschiebbarer Lehne. Seinen Rollstuhl hatte er auf der anderen Seite abgestellt.

„Bitte, nehmen Sie doch Platz!", wies er auf ein schmales Kanapee. Aber die alte Dame blieb noch stehen und betrachtete die Bücher in dem Regal. Zwei Bände mit Werken von Eichendorff konnte sie erkennen, daneben einen Band Gedichte von Mörike. Auf der anderen Seite fand sie die Bücher von Ludwig Uhland, Rilke und Gottfried Keller sowie die *Bunten Steine* von Adalbert Stifter. In dem unteren Fach fielen ihr noch ein paar englische und russische Namen auf, wie Poe, Paustowski, Turgenjew und Puschkin. Dann standen dort noch zwei vergrößerte Fotografien in silbernen Rahmen. Auf dem einen Bild war eine schöne junge Frau im Halbprofil zu sehen und auf dem anderen ein junges Elternpaar mit Kind in den Bergen. Die strahlende Mutter hatte sich wohl gerade ihren Rucksack auf den Rücken geschnallt und befestigte noch eine Feldflasche an einer Schlaufe und der junge Vater trug sein kleines Kind in einer Kraxe hoch auf dem Rücken.

„Ist das wohl Ihre Familie?" Er nickte. „Wir waren früher oft in Südtirol zum Wandern. Den kleinen Murksel mussten wir damals noch auf dem Rücken tragen. Später ist er ein Riesenkerl geworden." „Und Ihre Frau? Lebt sie wohl nicht mehr?" „Vor zwei Jahren ist meine Frau gestorben. Sie hatte Krebs." Er senkte den Blick. Dann deutete er mit einer Bewegung seines Kopfes zum Fenster hinüber. „Nun liegt die arme Traudl dort drüben! Deshalb wollte ich in diesem Heim sein. Wir waren über 50 Jahre lang verheiratet!" Sein Atem klang so gedrückt, als ob er etwas sehr Schweres hochheben würde. Frau Fittich sagte eine Weile gar nichts. Sie nickte nur und stellte sich vor, was dieser Mann wohl für ein liebevoller Ehemann und Vater gewesen sein musste. Und dann diese Einsamkeit und seine Krankheit und schließlich der Einzug hier in das „Haus Abendruh"! Wahrscheinlich hatte er dazu nur eine Auswahl seiner Lieblingsstücke mitnehmen können. Den alten Sekretär und diesen Kleiderschrank aus seiner Wohnung. Das Bett musste von hier stammen. Denn es war, wie alle Betten in diesem Haus aus weiß lackiertem Metall. Im Radio erklang gerade Klaviermusik. Frau Fittich ließ sich endlich auf die kleine Coach nieder. „Sie haben es hier gemütlich!", seufzte sie. „Das sind wohl Ihre eigenen Bücher und Möbel?"

„Nur was man sich noch auf seine vorletzte Reise mitnimmt..."

„Ich konnte mir gar nichts mitnehmen! Ich weiß nicht einmal, was aus meiner Wohnung und aus meiner ganzen Einrichtung geworden ist!"

Dann begann sie zu erzählen. „Im Krankenhaus sagten sie, dass ich einen Verkehrsunfall gehabt hätte! Ich saß als Beifahrerin im Auto. Eine Freundin soll am Steuer gesessen sein. Sie ist fünf Jahre jünger als ich und fährt als einzige von uns noch Auto. Aber ich habe keine Ahnung, was wirklich passiert ist! Ich lag ja wochenlang bewusstlos in der Klinik. Meine Hüfte musste rundum geschraubt und gedrahtet werden. Jeden Tag bekam ich starke Schmerzmittel und unzählige Bauchspritzen gegen Thrombose." Sie strich dabei unwillkürlich mit der Hand über ihren Bauch und erinnerte sich, wie dunkelblau, fast schwarz dieser Körperteil von den vielen Spritzen gewesen war.

„Das Schlimmste ist", fuhr sie zu reden fort, „dass ich mich seit diesem Unfall an nichts mehr erinnern kann! Anfangs wusste ich nicht einmal mehr meinen Namen! Und heute noch habe ich eine Lücke in meinem Kopf, wenn ich an irgendetwas denken soll, was mit diesem Unfall zusammenhängt. Ich kann nicht einmal sagen, wer mich in dieses Heim gebracht hat. Ob es eine Betreuungsperson vom Gericht war oder jemand aus meinem Bekanntenkreis? Außerdem wundert mich, dass mich niemand besuchen kommt! Ich glaube, meine Leute wissen gar nicht, dass ich hier bin! Das macht mich ganz verrückt! Ich habe mehrmals schon versucht, bei mir zu Hause anzurufen. Aber jedes Mal war nur das Besetztzeichen zu hören! Ob jemand meine Wohnung aufgelöst haben könnte? Ich lag ja Monate lang im Koma. Und jetzt bin ich hier und fühle mich, wie in einem Gefängnis!"

Sie hielt erschöpft inne und bemerkte, wie Herr Heine sie aufmerksam mit seinen dunklen Augen ansah.

„Und wissen Sie, was mir auch noch passiert ist?", fing sie weiter an zu reden. „Ich fuhr heute vor dem Mittagessen heimlich mit dem Aufzug nach unten. Ich wollte von dem Münztelefon aus noch einmal bei mir zuhause anrufen. Im Aufzug drückte ich eine Taste", sie schnaufte vor Aufregung, „der Aufzug hielt. Ich stieg aus und war plötzlich in einer Art Flur, in der zwei Rollstühle und ein vergittertes Bett standen. Daraus erhoben sich schrecklich bleiche Gesichter, die wie Geister aussahen zu mir herüber! Und am Fußboden kauerte eine noch ältere Person mit wirrem, grauen Haar und schrecklich großen Augen! Die hielt eine schlumperige Puppe in ihren Armen und rief immer wieder: ‚Mama, ich bin wieder lieb! Mama, bitte hol mich ab!' Es war so entsetzlich, dass ich mich an der Wand entlang tasten musste, um möglichst schnell wieder aus diesem Raum zu gelangen. Aber die Tür war zugefallen und sie hatte innen keinen Griff! Können Sie sich das vorstellen? Ich dachte schon, ich muss für immer dort unten bleiben! In dieser Hölle! Dabei hörte ich ständig diese Stimme ‚Mama...', flehen! Dann sah ich die beleuchtete Aufzugtür und rettete mich hinein. Ich wollte nur noch hoch und rannte, so schnell ich konnte in mein Zimmer!"

Eine ganze Weile sagte der alte Herr nichts. Er hatte bei der letzten Beschreibung seine Brille abgenommen und umständlich auf den Tisch gelegt. Dann presste er zwei Finger auf die Stelle an der Nasenwurzel, wo der Steg eine kleine rote Rille hinterlassen hatte. Plötzlich fragte er, ob es in diesem Flur, in den Frau Fittich versehentlich geraten war, denn keine Schwester gegeben hätte? „Nein!", antwortete sie. „Ich sah nur eine Glastür. Aber es war ziemlich dunkel. Das Licht kam aus einer Oberlichte. Und das Zimmer sah aus, wie ein abgetrennter Flur.", „Vielleicht waren diese Leute gerade frisch eingeliefert worden? Oder sie sollten gleich zu einer Untersuchung kommen?", Aber Frau Fittich schüttelte nur den Kopf.

„Lassen Sie mich darüber nachdenken! Und spielen wir jetzt eine Runde Schach, bevor wir zum Abendbrot müssen! Vorher könnten Sie mir nur noch schnell mein Handy herüber reichen. Ich habe es unter das Deckchen gelegt, weil man hier kein mobiles Telefon benutzen darf. Wir rufen trotzdem mal von hier aus bei Ihnen an!",

Frau Fittich wirkte sehr erleichtert über dieses Angebot. Sie nannte ihm ihre Telefonnummer und er wählte mit der linken Hand etwas mühselig diese Zahlen. Dann hielt er ihr den Hörer hin. Aber es klang auch jetzt nur das Besetztzeichen.

„Versuchen wir es mal bei Ihrer Freundin!", schlug er vor.

Frau Fittich begann zu stottern. „Ich - ich habe leider ihre Nummer ganz vergessen! Sonst hätte ich es ja schon längst selber getan!" „Aber den Namen werden Sie doch noch wissen?" Sie nannte ihm Hildes Vor- und Nachnamen und konnte sogar ihre Adresse sagen. Herr Heine notierte sich alles krakelig mit der linken Hand auf den Rand seiner Zeitung. „Ich werde meinen Sohn bitten, dass er Ihre Freundin heraus findet. Das ist für ihn eine Kleinigkeit!"

In dieser Nacht lag es vor allem an den scharf sägenden Schnarchgeräuschen der neuen Zimmergenossin, dass Frau Fittich nicht schlafen konnte! Am nächsten Morgen erinnerte sie sich jedoch wieder an das Gespräch mit Herrn Heine und wurde sofort munter. „Sevil", fragte sie später. „Ich möchte gerne meine Haare waschen. Wo kann ich das tun?"

„Sie könnten sich bei unserem Hausfriseur anmelden. Der verlangt für das Waschen zwölf Euro."

„Ist denn das Baden und Haarewaschen nicht im Preis für die Pflege inbegriffen?"

Sevil wollte sich bei der Schwester erkundigen.

An diesem Morgen wirkte auch Herr Heine nicht besonders ausgeschlafen. Er sah müde aus und mümmelte unzufrieden an seinem Brot herum. Dabei blickte er Frau Fittich manchmal von der Seite an. „Ich habe gestern Abend mit meinem Sohn telefoniert.", sagte er plötzlich. „Er hat mit Ihrer Nichte gesprochen."

„Meine Nichte?", fragte Frau Fittich erstaunt. „Wer soll denn das sein?" „Sie wohnt im Haus ihrer Freundin und heißt Josefine oder so ähnlich.",

„Ach ja, die Fini! Das ist Hildes Enkelin. Sie sagt zwar Tante zu mir, aber wir sind nicht miteinander verwandt! Und wie geht es meiner Freundin?"

Er antwortete nicht. „Hat Ihr Sohn denn nicht erfahren können, was mit Hilde los ist?" Aber Herr Heine schien auch diese Worte nicht zu vernehmen. Krumm saß er in seinem Rollstuhl und hatte das Kinn auf seine schmale Brust gedrückt. Zwischendurch schnaufte er immer wieder tief auf, als ob er an etwas sehr Unangenehmes denken müsste.

„Ich will Ihnen doch etwas verraten.", fing er nach einer Pause schließlich wieder an. „Sie bekommen morgen Besuch von dieser Nichte!", „Ist das ein Grund so schrecklich ernst zu schauen?" Frau Fittich lachte vor Freude. Aber Herr Heine wendete nur seinen Rollstuhl. „Sie wissen ja, wo ich zu finden bin!"

„Ob er vielleicht eifersüchtig ist?" Frau Fittich schämte sich gleich dieser Gedanken. Sie selber fühlte sich auf einmal so positiv erregt, als ob sie plötzlich wieder jung geworden wäre. „Sicher wird Hilde mitkommen! Wahrscheinlich hat sie nur endlich ihr Auto abgegeben. Morgen wird sich endlich alles aufklären!"

Frau Fittich nahm sich vor, gleich in ihr Zimmer zu gehen, um sich allein die Haare zu waschen. Und um sich vorzubereiten auf morgen. Dann wollte sie ihren Nachtisch aufräumen und die neue Nachbarin, deren Namen sie immer noch nicht wusste fragen, ob man nicht doch etwas lüften könnte!

Im Flur begegnete ihr die Schwester. Im Nu war ein Teil der guten Stimmung wieder wie weggeblasen. Fast hatte es etwas Drohendes, wie diese kräftige Frau in ihrem weißen Kittel mit klappernden Gesundheitslatschen wuchtvoll näher stapfte. Bei jedem Auftreten ihrer bloßen Fersen auf der angeschwitzten Holzsohle hörte man ein schmatzendes Geräusch. Es klang, als ob ihre Füße etwas fressen würden. „Hätten Sie einen Augenblick Zeit?", zwang sich Frau Fittich dennoch zu fragen. Schwester Annette verschränkte ihre Arme vor dem Körper. „Oh, das passt mir aber jetzt gar nicht!" Sie verzog ihre Lippen nach unten. „Sie sehen doch, dass ich viel zu tun habe!" „Ich möchte Sie auch nicht lange aufhalten. Ich wollte nur fragen, ob ich nicht in ein anderes Zimmer umziehen könnte? Es ist unmöglich, nachts zu schlafen, wenn diese Frau so laut schnarcht. Außerdem darf ich kein Fenster aufmachen und ich kann den Geruch nicht mehr aushalten!", „Wie viel könnten Sie denn zuzahlen für ein Einzel-Zimmer?", säuselte die Schwester. Frau Fittich wurde über und über rot im Gesicht. „Mein Gott!", stieß sie hervor. „Muss denn hier alles noch einmal extra bezahlt werden? Ich wasche mich allein, ich gehe aufs Klo, ich kann ohne Hilfe essen! Ich werde mir sogar die Haare gleich selber waschen. Und trotzdem kassieren Sie und kassieren! Jeder Pieps muss hier noch extra bezahlt werden! Aber wenn es zum Sterben kommt, dann wird man hier doch nur in einen Abstellraum geschoben und kann dort verrecken! Ich mache das nicht mehr mit! Ich werde das meiner Krankenkasse melden!"

„So?", antwortete Schwester Annette. Und sah die alte Dame mit ihren winzigen Augen so durchdringend an, dass sich Frau Fittich unwillkürlich an der Wand festhalten musste. „Können Sie sich wirklich wieder selbst versorgen? Und woher wollen Sie überhaupt wissen, ob wir so ein Zimmer im Hause haben? Wer hat hier so etwas behauptet? Das ist ja reine Verleumdung! Oder haben Sie irgend etwas gesehen?" Sie blickte für einen Moment zu dem Personalaufzug hin und dann wieder auf Frau Fittichs entsetztes Gesicht mit den hervorquellenden Augen und den bebenden Hände vor dem Mund.

„Frau Fittich! Sie sind doch wohl nicht mit dem Lasten-Aufzug gefahren? Das ist strengstens verboten! Das steht doch überall angeschrieben! Da muss ich sofort mit der Heimleitung reden!" Mit einem lauten Aufrülpsen zwängte sie sich bedrohlich eng an der erschrockenen alten Dame vorüber und stakste dem Aufzug zu.

Am ganzen Körper zitternd, wankte die alte Dame in ihr Zimmer. Sie verzichtete ganz auf das Haarewaschen und fragte auch ihre Nachbarin nicht, ob sie das Fenster aufmachen darf. Der einzige Gedanke, der sie noch tröstete, war die Hoffnung auf morgen! Dass morgen endlich alles aufgeklärt und geregelt werden würde und dass sie wieder hier herauskäme!

An diesem Abend teilte eine große blonde Krankenschwester die Medikamente aus. Schwester Annette war nirgends zu sehen.

„Sie wollte zum Chef gehen.", flüsterte Sevil. „Jemand soll sich beschwert haben!"

Frau Fittich spürte, wie ihre Zähne gegeneinander schlugen.

„Ah, Sie sind unsere Frau Fittich?", lächelte die blonde Schwester. „Dann will ich Ihnen heute Abend eine leichte Schlaftablette geben. Weil Sie hier so schlecht schlafen können!" „Aber ich brauche keine Tablette.", entgegnete Frau Fittich. „Wollen Sie denn nicht fit sein, wenn morgen Ihr Besuch kommt?"

„Woher wissen Sie das überhaupt?",

Die Schwester schien diese Frage nicht gehört zu haben. „Das ist ja auch kein richtiges Medikament. Sondern ein rein natürliches, pflanzliches Mittel für einen sanften Schlaf!", Sie hatte bei diesen Worten ein reizendes Lächeln um den Mund. „Hier, sehen Sie, gute Frau, das ist unser kleines Schlafbonbon! So etwas würde ich sogar meinen Kindern geben. Sie können es lutschen oder mit Wasser hinunterschlucken. Probieren Sie es einfach einmal aus und sagen Sie mir morgen, wie es gewirkt hat." Sie legte der alten Dame mit ihren schlanken Fingern eine kleine weiße Tablette auf die Zunge und füllte ihr ein angenehm riechendes Getränk nach.

„Sehen Sie, Frau Fittich? Nun werden Sie gut schlafen!",

„Vielen Dank!", stotterte die alte Dame. Obwohl der Saft einen merkwürdigen Nachgeschmack hatte.

Bisher fühlte sie sich noch munter. Sie konnte also noch einmal in Herrn Heines Zimmer gehen, um ihm von dieser Unterredung mit Schwester Annette zu berichten. Sie wollte ihn außerdem fragen, ob sie ihren Heimvertrag, falls es Probleme geben sollte, nicht seinem Sohn zeigen darf, damit dieser ihn prüfe. Als sie den langen Gang entlang zottelte, fühlte sie schon, dass die Pille zu wirken begann. Ganz leise fing der Teppichboden unter ihren Füssen an zu schwanken. Und auch die Lampen schienen sich auf einmal zu bewegen.

„Sie sehen aber blass aus, Frau Fittich, ist Ihnen nicht gut?", Herr Heines dunkle Augen blickten besorgt zu Frau Fittich hin, die ihm mit schleppender Stimme ihre Erlebnisse erzählt hatte.

„Ich glaube, dass meine Schlaftablette schon anfängt zu wirken!", hauchte sie. „Seit wann nehmen Sie denn Schlafmittel ein? Wer hat sie Ihnen gegeben?" „Eine nette Schwester, groß und schlank und mit schönen blonden Haaren." Herr Heine kaute nervös an seiner Unterlippe herum. „Ich begleite Sie jetzt lieber bis zu Ihrem Zimmer!" Er wollte sich in seinen Rollstuhl hinüber drehen. Aber Frau Fittich bestand darauf, dass sie alleine gehen kann! Von seiner Tür aus sah der alte Herr dann noch, wie sie, langsam an der Wand entlang sich tastend, immer schwankende wurde. Vor der leichten Biegung, wo auf der linken Seite der Frühstücksraum lag, rutschte sie dann seitlich mit der Hand ab und sank zu Boden.

In der Nacht hatte es geregnet. Die böigen Windstöße hatten die Wassertropfen gegen das geschlossene Fenster geschüttelt. Und auf dem gewellten Dach des Lieferanteneingangs waren in unregelmäßigen Abständen die kleinen grünen Äpfel und abgerissenen Zweige niedergeprasselt.

Doch all diese Geräusche wirkten durch das Sausen des Windes eher beruhigend. So dass Frau Fittich lange, sehr lange schlafen konnte.

In ihren Träumen sah sie sich wieder zu Hause über die breite Wolfgangsstraße gehen und dann in die Lersner Straße einbiegen. Dann stand sie schon vor dem Wohnhaus, mit den drei Stockwerken und dem kleinen Park dahinter. Rechts noch die großen Mülltonnen, links die Briefkästen an dem schmiedeeisernen Gittertor. Frau Fittich schob die schwere Haustüre auf. Und der dumpfe Geruch des Treppenhauses nach Steinboden und Holz und nach altem Mauerwerk umfing sie.

Als sie dann aber ihre Wohnungstür aufschloss und eintrat, da war sie auf einmal doch wieder in diesem furchtbaren Heim gelandet! Sie lag in einem vergitterten weißen Bett in dem schrecklichen Flurzimmer. Das fahle Tageslicht kam nur durch eine schmale Oberlichte herein und es gab keine Griffe an den Türen.

Später fand sie sich wieder in einem anderen Zimmer liegen. Und sah Josefines weiches Mädchengesicht sich herunter beugen. „Luise! Luise! Tante Luise!", hörte sie ihre Stimme rufen. „So können wir dich doch nicht mitnehmen!" Das Mädchen griff durch das eiserne Gitter und streichelte der alten Dame immer wieder über die Haare.

In einem anderen Traum sah sich Frau Fittich ganz hoch über den weißen Wolken schweben. Eine rosige Luft umgab sie und sie flog in sanften Wogen direkt auf den Himmel zu.

Bald war die Erde nur noch wie ein ferner bunter Globus zu erkennen. Sie erkannte darauf das blaue Wasser der Meere und dann Island und weiter südlich die britischen Inseln. Dann drehte sich auf einmal der übrige Teil von Europa ihr zu. Dort ragten die Alpen mit ihren weißen Gipfeln empor und blaue Flüsse zogen durch das Land bis nach Norden. Als sie wieder tiefer sank und leise auf die Erde zurück schwebte, so dass sie allmählich schon die Bäume und die Gräser erkennen konnte, sah sie sich plötzlich selber dort unter sich liegen! Ganz klein und still, wie ein rundes Räupchen gekrümmt, lag sie dort auf der dunkelbraunen Erde. Nur ihre Glieder zuckten noch.

Durch diesen Traum erschrak sie so entsetzlich, dass sie von ihrem eigenen Schrei erwachte. Sie öffnete mühsam ihre Augen. Neben ihr glänzte ein weißes Gitter an ihrem Bett.

„Wie soll ich denn jetzt zur Toilette gehen?", dachte sie und rüttelte an dem Gitter.

„Geben Sie doch endlich Ruh!", schnaufte die Nachbarin. „Ich will schlafen!",

„Ich muss aber mal raus!", keuchte Frau Fittich.

„Ach was! Sie müssen nicht raus! Sie haben doch eine Windel an!"

„Warum hab ich jetzt wieder eine Windel an? Und wer hat mich hier herein gelegt? Was ist passiert?"

Sie tastete nach dem Griff ihrer Glocke. Aber die Schnur am anderen Ende war immer noch herausgezogen.

Später dachte sie, dass sie auch dies nur geträumt haben musste. Genau, wie in dem Traum, wo sie auf einmal das Gesicht von Sevil über sich gebeugt sah. Sevil lächelte ihr zu und ihre dunkelbraunen Augen funkelten dabei. „Frau Fittich, hören Sie mich? Ich habe Ihnen was unter die Matratze gelegt!" flüsterte sie geheimnisvoll. „Unter dem Fußende liegt es. Aber passen Sie auf, dass es kein anderer findet!"

Als Frau Fittich aus diesem Traum erwachte, fühlte sie sich sauber gewaschen und hatte auch kein Windelhöschen an. Außerdem sah sie kein Gitter mehr vor ihrem Bett.

„Frau Fittich!", hörte sie eine männliche Stimme rufen. „Wachen Sie doch endlich auf!" Als sie ihren Kopf hob, sah sie in Herrn Heines besorgtes Gesicht. Herr Heine war mit dem Rollstuhl ganz nah an ihr Bett herangefahren und versuchte sie zu wecken.

„Wo bin ich?"

„In Ihrem Zimmer!"

„Wann bin ich denn eingeschlafen?"

„Vor zwei Tagen! Es ist einiges passiert in dieser Zeit! Ihre Nichte hat hier ordentlich Krach geschlagen! Und mein Sohn..."

Ein leises Schnarchen machte ihn aufmerksam, dass Frau Fittich doch wieder eingeschlummert war.

Zu Mittag brachte Sevil eine Tasse Grießbrei mit Zimt und Zucker auf einem Tablett herein. „Sie können ganz in Ruhe essen!", sagte sie und zwinkerte ihr vertraulich zu. „Die Schwester hat heute ihren freien Tag!"

„Hat meine Nichte denn beim Weggehen gesagt, wann sie wiederkommt?"

„Nein. Aber, dass sie wieder kommen wird, hat sie sehr laut durch die Station gerufen!"

Sevil lachte.

Erst am späten Nachmittag fühlte sich die alte Dame dann doch endlich so munter, dass sie aufstehen und sich selber waschen konnte.

Mehrmals war Herr Heine gekommen und hatte sich nach ihr erkundigt. Er hatte ihr auch eine Flasche Wasser gebracht, weil sie genug trinken sollte. „Sie müssen hier dringend weg, Frau Fittich! Sie sind in Gefahr!", flüsterte er schließlich mit beschwörender Geste. „Sie haben zuviel gesehen! Sie können gegen die Heimleitung aussagen, wenn es zu einer Gerichtsverhandlung kommt! Darum wird man Sie immer weiter schlafen lassen, bis Sie wieder zum Pflegefall geworden sind. Dann hat Ihre Aussage keinen Wert mehr. Falls Sie dann überhaupt noch reden können!" Bei diesen Worten war er noch dichter herangerückt und hatte so leise gesprochen, dass die Zimmergenossin kein Wort verstehen konnte.

„Aber wie soll ich denn von hier fort kommen?", wisperte sie zurück. „Ob Sevil mich hinausschleusen könnte? Oder Ihr Sohn?"

„Sevil wird zu ängstlich sein. Und mein Sohn ist zu korrekt, als dass er diesen Weg gehen würde!"

Ratlos saßen sie nun neben einander. Er im Rollstuhl und sie auf ihrem Bett. Wie immer, wenn sie nervös war, strich sie die Bettdecke glatt. Sie dachte dabei, dass wohl nicht alle ihre merkwürdigen Träume nur Traumspiegelungen gewesen waren. Nachdem doch Josefine tatsächlich neben ihrem Bett gestanden hatte! Dann fielen ihr auch wieder Bruchstücke ihrer anderen Träume ein. Der lange Weg bis zu ihrer Wohnung, den sie gegangen war. Und das düstere Zimmer, in dem sie sich plötzlich befand.

Aber auch die Szene, in der Sevil sich so freundlich über ihr Bett gebeugt hatte kam ihr wieder in den Sinn! Sie wiegte den Kopf hin und her und stand dann vorsichtig auf, um an das Fußende des Bettes zu tapsen. Dort tastete sie mit der Hand suchend unter der Matratze herum. Bis sie auf einmal etwas spürte, das wie ein schmales Päckchen oder ein fester Umschlag erschien. Erregt versuchte sie mit den Fingern den Inhalt zu ertasten. „Da ist ein Schlüssel drin!", flüsterte sie. Und wirklich steckte da ein kleiner, flacher Schlüssel in dem Umschlag, neben zwei Geldscheinen und einem weißen Zettel, der mit einer Büroklammer festgesteckt war.

Der Aufzug glitt summend nach unten. Während der Fahrt hielt sich Frau Fittich an den beiden Griffen von Herrn Heines Rollstuhl fest. „So gibt er mir selbst mit seinem Rollstuhl noch Halt!", dachte sie. Sie musste beim Stehen auf ihren Begleiter hinunter gucken; auf seinen Kopf, der fast keine Haare mehr über der blassen Kopfhaut hatte... Eine unglaubliche Rührung überkam die alte Dame. Am liebsten hätte sie sich nieder gebeugt und den alten Mann umarmt! Aber schon hielt der Aufzug unten an. „Sie müssen jetzt durch diese Tür dort gehen!", raunte der Freund. „Dann kommen Sie direkt hinten an dem Lieferanteneingang heraus. Das Taxi wird an diesem Ausgang anhalten. Dort kann man Sie nicht von der Pforte aus sehen!",

Er nahm seine Brille ab und rieb sie ungeschickt und lange über dem Ärmel hin und her. „Ja, so ist das!", sagte er nur und setzte sie wieder auf. Dann blickte er die alte Dame mit einem leichten Kopfschütteln lange an. Frau Fittichs Herz klopfte dabei so stark, dass sie es bis in die Handgelenke hinein spüren konnte. Sollte sie nicht doch lieber hier bleiben? Bei ihm? Bei diesem wundervollen Menschen, den sie erst so kurz kannte und schon zu lieben begann?

Andererseits nützte es ihm ja nichts, wenn sie hier mit Medikamenten zum Dauerpflegefall hin vollgefüllt wurde.

Es musste einen besseren Weg geben!

Die erste Tür war abgeschlossen aber die zweite ließ sich leicht öffnen. Mit zittrigen Beinen tappte sie in den gefliesten Gang hinein, in dem die abgestandene Luft nach Kernseife und zerkochtem Gemüse roch. Zur rechten Seite hin konnte man die Tür zu den Wirtschaftsräumen erkennen. Links führte eine schwere metallene Doppeltür nach draußen.

Aufgeregt steckte die alte Dame ihren kleinen flachen Schlüssel in das Türschloss. Sie musste erst eine Weile probieren, bis sie die richtige Ebene fand. Dann ließ sich der Schlüssel jedoch ganz leicht umdrehen. Frau Fittich schob die Tür zuerst nur einen Spalt breit auf, um zu sehen, ob nicht eine Schwester oder sonst ein Mitarbeiter des Hauses zufällig dort standen. Ganz vorsichtig drückte sie dann immer weiter. Und trat schließlich tief durchatmend ins Freie.

Die kühle klare Luft warf die alte Frau fast um, mit ihrer Frische. So lange war sie schon nicht mehr aus dem Haus gekommen! Ein Fleckchen Sonne zwängte sich zwischen den dahinfließenden Wolkenschichten hervor und verwandelte die mit Efeu bewachsene Hausmauer in eine romantische Idylle. Mehrere Spatzen flatterten hüpfend und lärmend um ein Stückchen alter Semmel herum. Ein schwarzes Taxi kam über den Platz gefahren. „Halt!", winkte Frau Fittich dem Fahrer zu. „Halt!", Aber der Taxifahrer schien sie überhaupt nicht zu bemerken! Langsam lenkte er seinen Wagen an dem Lieferanteneingang vorüber und zielte genau vor die Pforte des Haupteingangs hin. Frau Fittich hielt den Atem an! Sollte sie wohl noch lauter rufen? Oder vielleicht doch hingehen? Der Taxifahrer ließ das Fenster herunter und blickte sich um. Da trat die große blonde Schwester aus der Tür und ging zu ihm hin.

Frau Fittich presste sich noch enger gegen die hintere Mauer. Sie harrte wie in einer Betäubung starr aus. Als das Taxi dann endlich gedreht hatte und die Schwester ohne sich noch einmal umzusehen ins Haus zurück gegangen war, atmete die alte Frau Fittich erleichtert auf.

Der Wind war endlich verstummt. Der Parkplatz leer. Nur selten hörte man noch die Reifen eines vorüberfahrenden Autos auf der nahen Landstraße rauschen. Am Himmel hatten sich die taubengrauen Regenwolken in feine rosige Streifen verwandelt. Während eine blutrote Abendsonne, als strahlende Scheibe jetzt unterging. Nur der Boden dampfte noch immer von der Nässe. Und an den dunkelgrünen Blättern der verkrümmten Apfelbäume glänzten die feinen Wassertropfen im Abendlicht.

Als man die alte Frau Fittich im Hause vermisste, konnte sich keiner der Bewohner erinnern, wann er sie zuletzt gesehen hatte. Herr Heine schien besonders ahnungslos zu sein. Aber auch Sevil zuckte nur ratlos mit den Schultern.

Wenige Tage später wurde das Heim geschlossen.

NACHWORT

Es war an einem sonnigen Spätsommer-Nachmittag. Gemächlich spazierte ich mit unserer alten Mutter unter den schattigen Bäumen des kleinen Parks, der zu dem neuen Heim gehörte. Ab und zu setzten wir uns auch auf eine Bank am Wegrand und schauten den Vögeln zu. Spatzen waren es meist, die sich in einem kleinen, flachen Springbrunnenbecken im frischen Wasser kühlten. Auch zwei Amseln drängten sich jetzt hinzu. Sie tauchten immer wieder in den Sprudel, um sich danach ihr aufgeplustertes Gefieder weit spritzend auszuschütteln. Es war eine Freude, den Vögeln zuzusehen!

Außer uns, war kein anderer Mensch im Park zu erblicken. Die meisten Bewohner schliefen wohl noch um diese Mittagsstunde. Bis auf ein altes Paar, das jetzt aus der gläsernen Doppeltür der Cafeteria kam. Eine zierliche, weißhaarige Dame und ein Herr, der im elektrischen Rollstuhl saß. Die beiden unterhielten sich so angeregt, dass sie uns nicht einmal zu bemerken schienen. Manchmal hörte man sie lachen.

J. A.